NOS

# Inquietações em tempos de insônia

**Leonardo Tonus**

na superfície do infinito
não quero respostas aos meus sonhos,
nem ao arrepio de teus cílios.

do tempo, teu corpo

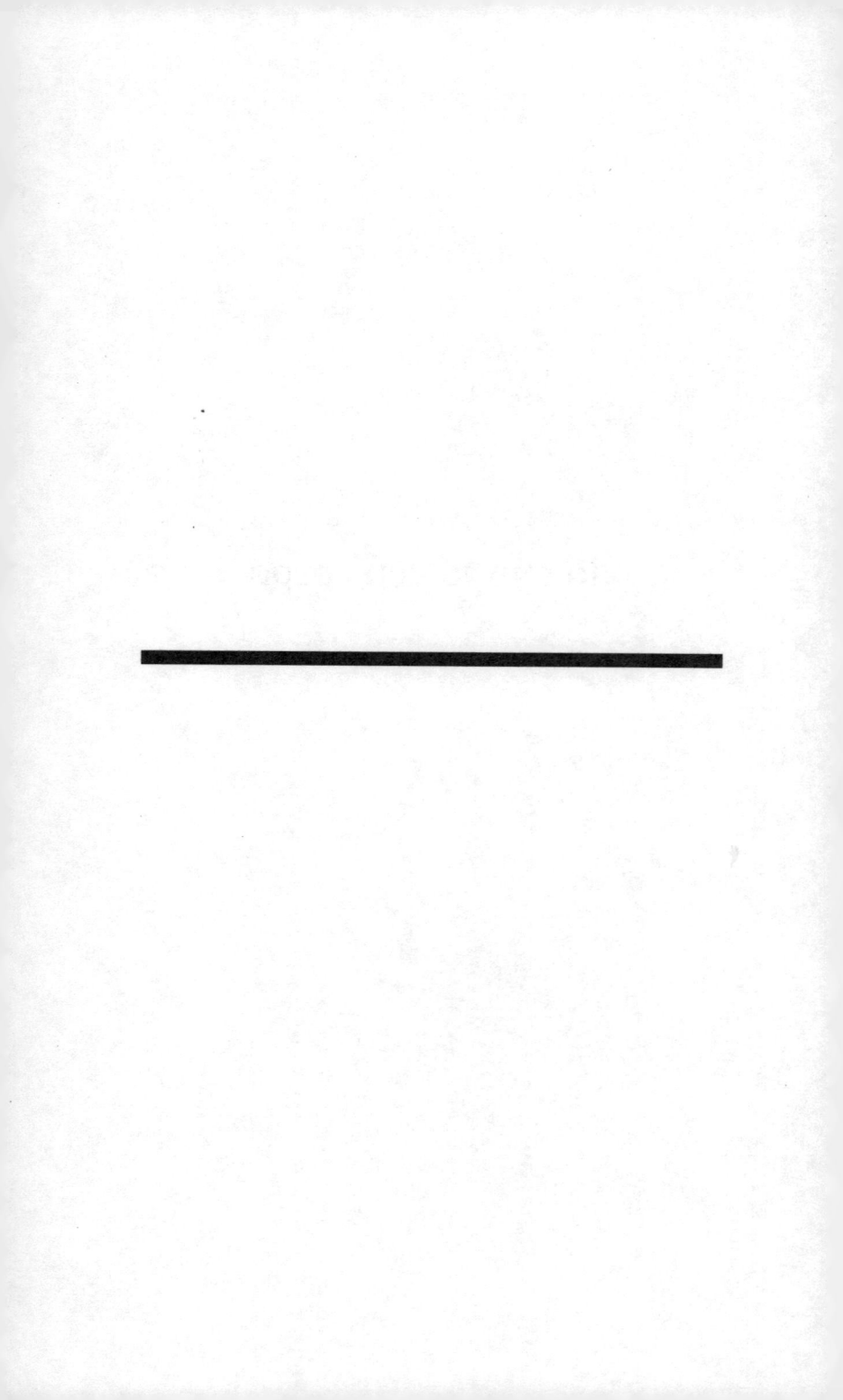

### **piscina**

atiro-me à piscina sem resistência
na queda da vertigem
quando deixo de ser.

das pontes despenco,
minha pele escorrendo pelos ares
até a água de tuas lágrimas,
até abraçar tuas lágrimas.

atiro-me às nossas lágrimas
que se abraçam na eternidade
das águas.

## **em paisagem**

desejar teu corpo na paisagem
de um corpo ainda que
por rascunhar.

desejar a paisagem que envolva teu corpo
quando percorro tuas sendas surdas
à medialidade de meu gesto:

ação definida pelo movimento que me leve a
que me conduza a
que me coloque face à fragilidade de teu corpo
                            [desprovido de rotas
diante de uma trajetibilidade que mal pressinto
dias afora,
por estar fora,
por dele escapar.

hoje sei o que me custam as falésias de teus lábios
ao atravessar o abismo de tuas coxas
na embriaguez de nossas agonias.

## nós

o que nos une:

mãos
pelos
pés
pernas
pênis
bocas
vaginas

não necessariamente nesta ordem.

## **porque eras tu**

risco um corpo.

risco teu corpo na espessura das mãos
que minhas retinas arranham.

teus pés risco,
devoro-os no traçado do voo.

risco tuas coxas.
por entre elas arrisco meus dedos
na desrota de meus lábios.
nos descaminhos de teus pelos
aro todas as manhãs
as entranhas de teu corpo,
quando erro o meu.

se pelo menos meus dedos sufocassem o risco
que repito sob os poros de tua pele!

ainda me lembro bem do ruído,
do ruído do teu corpo
do teu corpo nu.
me lembro bem do ruído
quando juntos sucumbimos
ao devorá-lo,
o vento.

não fui responsável pelas ondas
ao recolher o sal de tuas coxas.

penteava a chuva de cílios
ao me render às dobras de tua íris
e dela renascer,
pedra alada.

foi tudo o que do sonho restou.

porque era eu,
porque eras tu.

## **te amar**

te amar para além dos silêncios
nas ausências do vazio
deste presente contínuo
esfumaçado.

sem a lembrança de ti
te amar pelas brechas dos dias,
que de mim te separam,
quando de ti me aproximam
sem questionar do nosso amor
a vertigem.

do meu corpo amar a queda
pela casa, aos pedaços, te amar
à procura dos meus rastros,
de teus passos que de mim se despedem,
quando em ti já não estou.

te amar e amar os vestígios do perfume de teu sorriso
que pelos meus poros ainda exalam.

te amar e não recuar
diante do ridículo de amar
teus ombros
teus braços
as mãos ao tocarem
a madeira da porta,
veios em dor ao se trancarem
ao meu amor.

escombro de minha esperança,
te amar fragmento de mim.
te amar para te perder
a cada instante meu amor:
ouriço a lamber seus próprios espinhos.

## **abismo de mim**

de teus passos restam os meus,
de teus suspiros, a tempestade de teus olhos:
abismo de mim
de tudo que nos opõe.

sabes muito bem a que me refiro,
nós que já tanto morremos
ao nascermos ruínas
de nós mesmos,
do nosso amor.

quando tudo acabou
recolhi em meus lábios
o silêncio de tuas pálpebras.
teus olhos ainda cheiravam ao azul do vento do Alasca.
neles dançavam uma borboleta,
a espinha dorsal da baleia.

teus olhos,
a eterna ausência
desta presença
que me cala,
silenciosamente,
à tua boca
que não virá.

em ti já não sou,
outro estou.

### (des)presença

sou um corpo em desânimo,
dócil (des)presença poética
que estorva.

mais do que corpo,
que músculos e veias,
sou um acúmulo de verbos,
uma vida (des)finitiva
sem preposições.

desabrigado em mim para além das evidências,
sou a dança das línguas
que minha presença descentra.

nela dissimulo as potencialidades que exercito
no envolvimento do teu corpo,
cicatrizando o meu.

## teus silêncios

quando decidi investigar os silêncios,
vasculhei o que não recusa
nem dissocia.
rasurei tuas rimas,
abolindo o metro
de teus versos.
de teus rastros, em vão
interroguei os vizinhos,
suplicando aos cães palavras
que, travestidas de poesia,
berravam pelas avenidas
loucas heresias.
quando passei a investigar os silêncios
inverti os passos de tuas sombras,
cantei os restos do teu rosto em ruínas
que todos os dias rascunho
no respiro das entrelinhas
de nossas madrugadas ausentes.
quando investiguei teus silêncios
chorei, enfim, minhas vogais,
silenciei minhas omoplatas
em teus raios de sol,
na memória de teus beijos
céu afora,
para nunca, à espera
do que me desespera:
teus silêncios,
minha espera.

## **pelas dobras do mundo**

como espiar as dobras do mundo
se pelos mares perdi tuas pedras?

por isso erro, meu amor.

erro para remediar esta insaciável vacância
que nada há de preencher.

consciente de minhas perdas,
erro pelas ruas
indiferente ao espaço
que a mim
nega teu calor.

em busca de um alhures impossível,
de outro ser
erro nu,
cego pelos campos,
que se empilham
a cada instante
pelos caminhos que se perdem
por nada,
sem nada.

desapropriado
daquilo que é resto,
por me saber resto,
erro.

erro, meu amor.
pelo que me resta de corpo
na ausência do teu.

## **areia sob os pés**

de quando te libertas de Cronos,
subvertes Kairos
e destronas Domus.

de quando na lucidez da carência
pensas na imensa possibilidade
que se abre à tua ausência.

de quando no gesto infinito da plenitude
vislumbras a escassez do outro
que tu és.

e de quando deste outro
surge a vontade – que digo –
a febre pelos cheiros
que sorvo absorto
aos pés de um outro,
de teu corpo outro.

de quando este desejo pelo corpo
é desejo outro,
paisagem indomesticável de tua incompletude
de para com o mundo estar
à beira dos abismos,
a fixar os astros.

*sidus*
*sideris*
*siderare*

implorarei nossas bocas
quando considerares a reciprocidade
do nosso desejo em comum:
a tua,
a minha,
a areia sob os pés da mesa da sala de jantar.
o ranger do assoalho
e o hálito morno da cadeira
em que te encontras.

## meias de lã

amor é coisa boa,
faz bem pro coração.
permite saber que ele
ainda está lá.

mas amor é como verão.
passa,
depois faz frio.

hoje tricotei meias de lã.

réquiem para folhas

**distopias**

o lugar possível deixou de existir.
tornou-se nada,
um tristemente nada.

a televisão anuncia os próximos capítulos,
a rua,
     seus cacos de vozes.

## um homem de bruços


o tempo já não há.
há um homem na cama.

coladas ao lençol estão suas mãos.
a pulsação arterial é de 65 bpm.
a temperatura estável.
os músculos intercostais se contraem do homem
cujas costas arquejam
nu.

concentro-me em sua respiração.
no diafragma,
na boca que relaxa o gás carbônico,
o oxigênio de um mundo
que o abandonou,
ofegante.

deito-me ao lado do homem,
do rosto virado ao meu.

adivinho suas perdas,
profundas perdas no corte do pescoço
da mão suspensa
que acaricia seu corpo:

>    o corpo de um homem de bruços que expira
>    em seus lençóis de alfazema.

## **folhas**

quando de mim já se esquecerem
e pelo agora caminhar,
folhas cairão por este corpo sustenido
no vazio.

quando de mim desviarem a melodia das horas,
do tempo, que perco a cada instante,
novas harmonias irão moldar o universo
desenhando o vento da luz de maio.

quando de mim já não precisarem
e na espessura do silêncio
desprender-me cometa,
será bom, meus amigos, saber
que daqui já me fui.

pelos campos da Bretanha irei
caçar com meu cão
invisíveis insetos.

sob as folhas do mar da Normandia
sonharei relógios-árvores
no meu corpo-lago,
num quadro de Klein.

sonharei Klein,
por não saber sonhar com.
sonharei, enfim,
a vertigem do tempo azul.

## móbile

a poesia suspensa nos ares dança,
elíptica ondula o enigma de três pétalas
no suspiro de quatro folhas.
pelos olhos móveis se engana a poesia
ao navegar as asas de Calder,
enquanto singro a quietude das pedras de casa.

a poesia interrompida dos mares espera,
migrante pela viagem sequer começada.
do primeiro choro vislumbra os astros
a poesia de corpos afogados no oceano de luz
a que ela nos reduz.

a poesia calada dos pares esvazia
as noites abandonadas de meus dias.
emudece a brancura das palavras a poesia
arranhada no casco do navio enferrujado,
de nosso amor naufragado.

### águas claras

você acorda e redescobre que
as coisas são sempre vésperas.
e que, se elas não morrem
na véspera de morrer,
estão como nós
na véspera de morrer.

perdoai-me lembrar-vos,
porque quanto a mim,
na véspera de morrer,
não me perdoo a clarividência
da véspera de morrer.

você acorda
e redescobre
e não se esquece que
na véspera de morrer
ainda é tempo de morangos.

você gosta de morangos
na véspera de morrer.

## **pó**

incomunicáveis na dor calaram-se as palavras
do meu lugar de falha
na fala que me habita.

falho doravante a palavra
na certeza de nela nunca me construir.

erro-a por me saber sem nome
desde o início de quando já não era
o que me afirmavam que deveria ser,
quando me mostravam o que me forjava
e me forjaria pelas ausências de negações,
a começar pela liberdade que teu mundo representa
negando a liberdade de outro ser,
impune na outridade que nos é imposta.

condenado ao lugar comum,
já não temo enunciar a palavra em seus resíduos.
a palavra escavada pelas goivas do tempo
entre meus dedos que afundo
na areia morna
mofada
e fofa.

colaram-se à minha pele as palavras
umedecidas sob o peso dos tempos,
bolor de um corpo que esfarelo, todas as noites,
sobre a escrivaninha do quarto.

a nada hão de retornar, as palavras
que já não dizem o que dizem os verbos,
que já não sabemos o que dizem.

escrevo-as pó
por não resistir
ao corpo –
palavra que
custo imaginar.

escrevo-as pó por saber
que seus corpos –
palavras meu corpo –
poesia encobre
todos os dias.

## consideração

           para –
frasear o mundo,
buscando na pa –
lavra a responsabilidade da escrita
da arte que fere e irrita.

buscar a arte que não resista,
e que, resistindo à arte,
artisticamente insista.

na poesia encontrar a acuidade
para com o mundo,
a atenção da resistência
que é hospitalidade,
que é consideração,
poeticamente,
resistente.

## das vertigens

procuro no abismo do avesso
o espaço soco da palavra.
reviro, inverto, desescrevo
disperso no mundo, o silêncio.

ausência que se quer palavra,
escrita que se vê mortalha
de minha voz, que, ao se perder,
repousa muda no teu seio.

da palavra resta o desejo,
pó de estrelas de meu exílio,
futuro de um passado eterno
atravancado em devaneio.

desenho da escrita os vestígios,
meus sonhos rescrevo por dentro
para além daquilo que és:
o gesto de que me abstenho.

a ponta do lápis que cava
a curva ascendente na cova
traça meu corpo, propulsa
a vertigem de tuas costas.

e, no entanto,
não me salvou a poesia
da impureza de tuas rimas.

dos desastres da cidade rica
tudo o que resta hoje é Sophia
e a praia lisa.

(a praia lisa.)

## **num fio**

foi só depois de estilhaçar as vidraças,
de arrancar os azulejos de casa,
foi só depois de rasgar meu corpo ao meio
que penetrei o tempo das palavras.
o tempo de perdê-las uma a uma
nas manhãs de uma língua
sequer sonhada.
o tempo de uma língua
que girava no arco-íris branco
rodando gigante para além
de um mundo brando.
a língua que de Minos me expulsava,
amarrilho de meus espinhos,
que as brechas do tempo habitava,
de meu tempo no exílio.
exercitante de teus fios de pétalas
sou um corpo descaído
que, hoje, extravaga vazio,
no desalinho.

## menino-pássaro

uma palavra morreu na calçada solitária.
uma palavra abandonada, no meio-fio,
que ninguém notara.

palavra cuja morte
nenhum jornal notificara,
tampouco eu, ao sair de casa,
e pisar o corpo inerte ainda morno da palavra
com a qual, há anos, no exílio, já não sonhava.

viver no exílio é viver o exílio das palavras
na possibilidade de todas, que é nenhuma.
acordar no exílio é acordar com as palavras
se sobrepondo uma a uma em nossas retinas,
girando a mistura de uma ilusão contínua.

à força de me aventurar pelas palavras
perdi seus rastros,
apaguei os vestígios de seus sonhos
que hoje sonho no eco oco
de um mundo mudo
sem ruídos.

há anos deixei de cantar a palavra
que às janelas emudeceu.
da copa das árvores silenciou a palavra
os órfãos epilépticos de meu bairro
que, pelas ruas frias e úmidas,
deambulam à sua procura.

repito: a palavra hoje morreu,
anônima,
às seis horas da manhã.

ela morreu sem pré-aviso,
devedora de sonhos aos pássaros
que de seus ninhos continuam a cair.
morreu a palavra alçando sonhos até as mãos
em sonho de um menino,
de um menino-pássaro,
sem palavras.

# (des)reencontros

**grito**

quem me dera hoje sentir
o hálito de uma leoa
a lamber as faces do meu grito.

quem me dera subir na árvore
e gritar ao mundo
o meu silêncio infindo.

furem-me os olhos!
devorem-me o fígado!
derretam-me as asas!

mas não esqueçam do silêncio
do meu grito primal.

**poemorto**

todo louco tem um morto que ele carrega nas costas,
bordou Artur Bispo do Rosário em um de seus
estandartes.

todo louco tem um morto
homens têm mulheres
todo branco tem seu negro
e um gay morto na indiferença da hospitalidade
que afogamos todos os dias
pelos mares.

bordo o tempo presente de meus mortos:
Marielle Franco. Ahmed Osman. Sergio C. González.
Mouaz al-Balkhi. Christine Case. Joshua. Vahide.

bordo 33.293 mortos no Mediterrâneo
no poemanto de Aleixo,
no meu poemorto.

### retorno

não há como não ignorar os pés descalços da senhora
                                        [no metrô,
sua negras rachaduras
e a fita vermelha no cabelo.

não há como não ignorar
as negras lágrimas da senhora no metrô
em meio à multidão:

      um assombro nos lábios,
      que pelas minhas faces, escorrem,
      rachadas.

## **inquietações em tempos de insônia**

de repente o branco fez-se branco,
mais branco do que branco,
o branco fez-se silêncio
da página em branco
do perfil em branco.

sobre a lápide quadrada desativada
surge a angústia
do silêncio.

contas? páginas? grupos?
somos simples mecanismos
de um mundo em automação
até nos desativarmos,
nos desfazermos
uns dos outros,
sem um adeus
sem sequer
um sequer.

retornarão um dia ou serei o próximo da lista?

a contagem regressiva começou,
e eu não sabia.

## **desaprendiz**

em minha douta arrogância:
– O essencial está no conhecimento. O resto é supérfluo!

em sua douta sabedoria:
– Sem o afeto até teu conhecimento é supérfluo!

supérfluo,
meu coração volta a pensar,
feliz.

## **teu álbum**
*para Caio*

de ausências e distâncias
te construo, amigo amado,
pelas páginas parcialmente anotadas
do caderno que nada diz.
te reconstruo amarelado
na letra improvável do pai
da tia
da mãe
da avó
da genealogia que impõe o nome
que te impõe um nome pelos descaminhos de tuas
                              [futuras derrotas.
justamente a ti que sempre navegaras o incerto
que caminharas sem roteiros nem portos
a ti, cujos mares foram eternos ausentes
no corpo ausente
apesar de teus quatro quilos
de teus quatro quilos e duzentos gramas
de teus cinco quilos novecentos e cinquenta gramas,
apesar dos vinte e cinco gramas de alma deste teu
corpo hoje morto
que ainda não incomoda.
este corpo em que cabem
o verso torturado
o voo mais remoto
os limites
a transcendência da noite ensolarada.
neste teu corpo cabem, por ora, a tia Helena
as coleguinhas da mamãe
o cãozinho xis
a preguiça do pai e suas páginas em branco.

a ele, cabe a displicência que te silencia
que silencia teu primeiro sorriso,
teus progressos,
o banho de sol de teu segundo aniversário,
que silencia teu corpo sem inclinações.
mas teus sinais particulares já não cabem em meus
[beijos.
as feridas de teus braços que eu não soube amparar
calam-se em teu corpo nu
em meu corpo solitário
fora do teu corpo
deste corpo no começo que não há.
tu sabes muito bem, amigo amado, o que implica,
[o começo.
começar é sempre já ter começado
pelo começo que tem de acabar
o começo por se acabar
que, no começo, antecipa a condição de sujeito
[do começo
pelos detritos da tarefa do começar.
tu sabes bem,
tu que já nasceste ruína
tu que és fragmento
que resistes na presença de tua ausência
desta fala sem voz
da escrita sem corpo
de teu nome que não te inicia a lugar algum.
teu nome privado dos louros
pelo mundo abandonado
reagenciando o mundo sem as raízes do princípio
[fundador.

foi assim que tu te esqueceste
que esqueceste os presentes do teu nascimento
o Senhor Aparício
o arroz, a batata inglesa, a cenoura, a carne do jantar
                [de 19 de fevereiro de 1949.
tu não te lembras da lata de leite em pó
dos grãos de feijão por dentro
não te lembras que dormiste
que oraste
que andaste
que choraste pelos meus olhos
o pranto amanhecido naquela manhã.
tu me esqueceste, amado amigo,
e amanhã agosto termina.
no sul, as bergamotas estão mais doces do que nunca,
o vento transpassa as casas de madeira pelos campos,
por nossos corpos ele atravessa um pouco mais
cansado do que ontem.
a umidade já invadiu todos os cantos da casa,
as paredes mofaram,
os morangos,
teu álbum de bebê,
mofou teu corpo nu, em silêncio.
amigo amado, agosto termina amanhã.
termina outra vez.
e nós continuamos aquilo
que ainda não começamos.

## café com bolo
*saudades da vó*

da mão que lhe estendo
receba, meu amigo,
esta xícara de café.
você que não fala minha língua
que de longe vem,
que nas retinas exaustas
ainda traz o gosto do sal
do terror das migrâncias.
a você ofereço este café.
a você que de mim tudo difere
e a mim tudo se assemelha
em seu corpo curvado
ao meu corpo rasgado
em nosso pesar comum,
em comum.
sim, este café é para você
e o bolo de laranja que comprei na venda de seu Manuel.
sei que ele já não tem o gosto de outroras
do tempo da vó,
que em suas tardes mornas,
nos esperava para o café.
as xícaras de louça lascadas,
a toalha da Madeira sobre a mesa
bordada pelas mãos rugosas
que a plenitude do dom
aos netos soube versar.
da vó aprendi tudo (ou quase)
da vó que ler não sabia
que o mundo decifrava
dos degraus da cozinha,
o mundo e suas entrelinhas.

da vó aprendi que o dom
quem doa libera,
posto que enleva,
enaltece a quem se doa.
a vó me ensinou a convidar
sem pelo outro esperar,
a oferecer sem nada receber.
ofertar sem exigir,
exceto o dom,
a vó ensinou
o gesto de doar.
por isso, meu amigo,
preparei este café para você.
a você que debaixo das pontes reside
a você que roubou
que já matou
a você que ainda ontem traiu
e me fez chorar.
aceite, meu amigo, este dom
como hoje aceito sua opacidade,
a imprevisível disponibilidade
que a nós se abre
ao mundo:
halo,
faísca
ou agulha
de um justo-viver.

## **peões**

quando você pensa em escrever um ensaio sobre peões.
do porão traz a caixa de madeira marchetada,
um mosaico liso sem asperezas
como a casca da goiabeira do quintal de casa
e o arrepio de tuas costas que há anos não toco.
na mesa da sala de estar coloca o tabuleiro amarelado,
uma a uma desembrulha as peças pelo tempo gastas,
arruma os bispos em sua arrogância púrpura,
as joias reais na solidez das torres
do relinchar dos cavalos,
em seus desejos de cavalos,
do tempo não perder
como se ainda nos fosse conferida
a possibilidade de o ganhar,
um dia, talvez.
o tempo e seus *ersatz*
atualizados em suas máscaras de tempo,
dissimulados em sua mobilidade perfeita
de máquinas do tempo.
a máquina do tempo
que dá as horas
que só dá horas
e nunca as dá aos peões,
ao peão que avança em seu caminho
supostamente reto,
supostamente virtuoso,
acreditando que, um dia,
há de se tornar torre
cavalo
ou bispo.
somente um peão
que busca alcançar a última fileira

que, cego, avança no sonho
de penetrar o tempo
de conhecer, em tempos,
o outro lado da montanha,
o tempo de onde sua cabeça resvala.
as cabeças dos peões,
as nossas,
a minha.

## **medo**

que tenhamos medo
é o que querem!
o medo-soco,
levemente granulado,
o medo que paralisa em pleno almoço dominical.
o insidioso angioma adentrando as coxas,
a mancha escura do medo
que se faz náusea.
que tenhamos medo
é o que querem!
que tudo esqueçamos
quando, sem fôlego, engasgarmos
quando, sufocados, respirarmos
o medo, simplesmente.
eu tenho medo do escuro
os mendigos do meu bairro têm medo da fome
minha mãe tem medo de perder seus filhos.
minha mãe cujas mãos já não tranquilizam o medo
inscrito sob os pelos do seu cão.
o cachorro de minha mãe tem medo de outros cachorros
ele tem medo de fogos de artifício
do barulho dos carros à noite.
os sacos de lixo que se espalham pelas calçadas
o amedrontam desde o seu abandono
num saco de lixo.
eu tenho medo do ódio
do gesto em riste de ódio
do gesto gratuito
que, dia após dia,
arbitrário,
num ângulo de noventa graus
me afronta

me confronta ao ódio
em minha fronte.
temo o ódio-palavra
que me reduz
condena
classifica
ao medo.
tenho medo do gesto-ódio
que recorta o mundo
em categorias que me desapropriam
do que sou
para me impor
o que não quero ser.
somos legião a ter medo
escritores vagabundos
negros sujos
mulheres vadias
bichas doentes
tementes de um deus eclipsado.
tememos o ódio esfregado
na cara de chico mendes.
que tenhamos medo
é o que querem!
o medo que assassinou marielle
que torturou herzog
o medo que enforcou frei tito
que apagou o livre traço
de wollinski
na bala
no pau de arara
na cadeira do dragão
do balé no pedregulho

na calda da verdade
que nenhuma verdade
há de calar.
mas se pelo medo podem matar
uma,
duas,
três rosas,
jamais hão de deter a chegada da primavera,
de sua verdade de primavera
que já não tememos.

## ele

da janela entrevista
uma imagem esvanecida
numa tarde chuvosa
e fria.

naquela tarde ele trajava uma camiseta surrada
e a velha bermuda cinzenta.
descalça estava sua alma
sob a chuva
enquanto tremiam
os braços,
os olhos,
as mãos daquele cujo nome
ninguém sabia.

mal conheciam sua voz,
que, sob o escárnio dos passantes,
à vigília dos carros
se resumia.

ninguém, exceto a mulher de baixa estatura,
a senhora idosa que pão lhe trazia,
café e um pouco
de afeto.

a mesma senhora que naquele dia
a blusa lhe ofertava
quando da janela os observava
quando sua morte ela me anunciava.

a morte de um rapaz
com fome,

sem nome
e epiléptico.

o rapaz que dos carros da rua cuidava,
e de minha mãe.

uma imagem entrevista
da janela esvanecida
numa tarde chuvosa
e fria.

## **deserto**

tu que não sentiste as mãos úmidas ao percorrer os
                                            [braços,
que ignoraste o eco dos olhos estrangulados.
tu que sequer interrogaste a pele maculada de sangue,
saibas que meu corpo já não é passível de dor.

quando penso que evitaste olhar, entre as pedras,
                                        [o rosto esmagado,
o gosto de asfalto adentrando o pulmão!

o que sentiste ao abandonar o inseto na teia
                              [translúcida de orvalho
que pelas faces, escorria, ao meio,
desmembradas pelo tempo?

de dar as horas os relógios cessaram,
de luzir, as palavras
que pelas paredes de casa
choram o silêncio de meu deserto.

o silêncio de um corpo eclipsado,
de meu corpo estuprado.

## de onde não falo

minha língua não é minha pátria.
língua não tem pátria.
não tem dono a língua que me domina.
minha língua é violência.
estuprou a primeira índia.
escravizou negros.
torturou oponentes a regimes.
assassinou artistas de minha pátria,
minha língua, em nome de uma pátria,
em sua língua-pátria.
no toma lá, dá cá das orgias consensuais
minha língua desmemória
os traumas coletivos.
disciplina a suposta normalidade
das boas maneiras
que rege e legitimiza,
minha língua.
a densidade das experiências
neutraliza minha língua
que do mergulho no poço de Bashô
tudo desconhece.
a intermedialidade da verdade – que não há
– desdenha minha língua
com a qual, a cada dia,
dia a dia,
dia –
logo
na minha outra língua.
minha língua não sabe das coisas,
nem tampouco das línguas
a que se refere.
sem praticar seus tormentos,

a convulsão de seus sentidos
não informa minha língua,
que controla,
e processa
as superficiais antinomias
de minha língua.
minha língua diz vida
e pensa morte.
pensa o abjeto
e diz beleza.
minha língua é feia
quando me diz
e não me pensa.
se minha língua é movência,
a impureza que desconstrói,
não refuga minha língua
as conversas dos cafés lisboetas
pelas barracas de concon,
de boca em boca,
dentre os casais do batuque,
em suas línguas.
minha língua é badjia,
cafuné, bica, bué da fixe,
bantu de mataco-guaicuru,
deslíngua minha língua
outras línguas que trans –
bordam a língua de onde não falo
a língua pátria que me ex –
                    patria.

**fui. foste.**

porque doravante serás o des-
reencontro:

    tu,
    meu país,
    que um dia foste.

quando a história reescreverem,
não se esqueçam de contar o gosto
das cinzas trituradas
entre os dentes.

pelas leituras e desleituras, meus agradecimentos a:

Adriana Lisboa, Alexandre Staut, Alexandre Vidal Porto, Andrea Nunes, César Braga-Pinto, Cíntia Moscovich, David Hancock, Eliane Fittipaldi, Fábio Tonus, Graça dos Santos, Isis Barra Costa, Juan Quintero Herrera, Keli Pacheco, Leonardo Valente, Lívia Bertges, Luciana Namorato, Luciana Rangel, Maira Garcia, Márcia Tiburi, Maria Esther Maciel, Mariana Keller Frazão, Margrit Klinger-Clavijo, Márwio Câmara, Mirna Queiroz, Pascale Vigier, Pierre Fabre, Raphaëla Verde, Regina Dalcastagnè, Ricardo Barberena, Rita Olivieri-Godet, Rubens Casara, Simone Paulino, Susanna Busato, Tânia Tonus, Thales Tonus, Thiago Tonus.


e aos meus pais,
sempre.

© Editora NÓS, 2019

Direção editorial SIMONE PAULINO
Editora assistente LUISA TIEPPO
Assistente editorial JOYCE PEREIRA
Projeto gráfico BLOCO GRÁFICO
Revisão JORGE RIBEIRO, ANTONIO CASTRO

*Texto atualizado segundo o novo Acordo Ortográfico da Língua Portuguesa.*

---

Dados Internacionais de Catalogação na Publicação (CIP) de acordo com ISBD

---

T667i
Tonus, Leonardo
  *Inquietações em tempos de insônia* / Leonardo Tonus
  São Paulo: Editora NÓS, 2019
  72 pp.

ISBN 978-85-69020-48-6

1. Literatura brasileira. 2. Poesia. I. Título.

2019-1863                                        CDD 869.1
                                    CDU 821.134.3(81)-1

---

Elaborado por Vagner Rodolfo da Silva CRB-8/9410

Índices para catálogo sistemático:
1. Literatura brasileira: Poesia 869.1
2. Literatura brasileira: Poesia 821.134.3(81)-1

---

Todos os direitos desta edição
reservados à Editora NÓS
www.editoranos.com.br

Fonte SECTRA
Papel POLÉN BOLD 90 g/m²